少年とふたりの飛天

迦夜と迦羅の物語

宇佐美 陽一◎文
としくらえみ◎絵

風濤社

「ひとつの目的を持った行為は、いつか効果を生む……

毎日欠かさずに正確に、同じ時刻に同じ一つのことを、

儀式のようにきちんと同じ順序で、毎日変ることなく

行っていれば、世界はいつか変る」

——アンドレイ・タルコフスキー

（映画『サクリファイス』冒頭の台詞より）

少年とふたりの飛天

迦夜（かや）と迦羅（から）の物語

あるところに生まれつき耳の遠い少年が、
たったひとりで住んでいました。

少年は毎朝、亡くなった父の植えた松に
川から水を汲み上げてきては、
丸い石のころがる根元にかけました。

少年は知っていました。
この父の残していった松は枯れていることを。

ずっと前、
少年の知らないとても悲しいことがありました。
母は生まれたときにはいませんでしたし、
父もその後の戦争で亡くしていたのです。

出征の日の朝、
松は川のほとりに父の手で植えられ、
それから五年の月日が経ちました。

ある日の朝、少年はいつものように
水を汲みに川におりていきました。
しかし、ふだんどおりに桶で汲もうとしても
なぜか水が汲めません。
桶を束ねている竹の箍が切れてしまっているのでした。

そこで桶を直し、また松に水をあげられるように、
竹を採りに山に入りました。

どこからか微かな風が吹いてきました。

すると、見たこともない美しい蝶が、

一本の、天を衝くほどの竹のまわりを

ひらひらと舞いながら、

上へ上へと舞い昇っていくではありませんか！

耳の遠い少年に、

なにかが聴こえたような気がしました。

「……そうだ、この竹を切ろう！」

竹を倒し、割り、箍を輪のようにして編むのも、
不思議とうまくいきました。
それというのも、じつはあの蝶に呼ばれて、
ふたりの飛天が少年を助けようと
降りてきていたのです。

「迦夜」という飛天は〈水の精〉。

もうひとりは〈火の精〉の「迦羅」です。

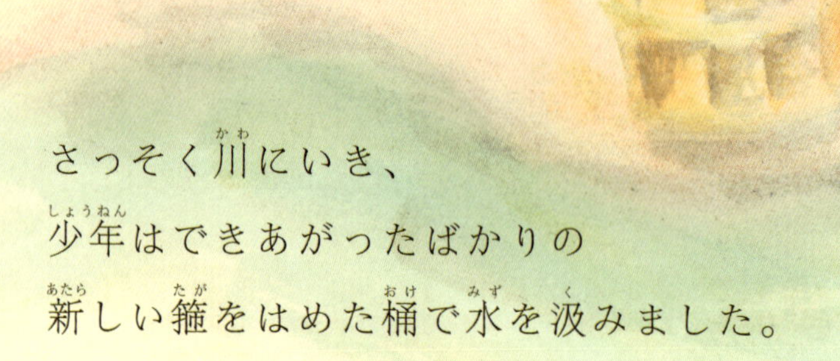

さっそく川にいき、
少年はできあがったばかりの
新しい箍をはめた桶で水を汲みました。

すると、なぜかその水(みず)はやわらかく、
心(こころ)なしか輝(かがや)いているようです。

岸辺の松までやって来ました。
少年はいつものようにその根元に水を注ぎました。
すると桶は水を満々とたたえて輝き、重いままです。

そして少年は、二度、三度と
水を松の根元に注ぎました。
けれどいつまででも、
桶は水をたたえて重いのです。

それは飛天の迦夜のせいでした。
迦夜がせいいっぱい翼をうごかして、
水を泉のように息づかせていたのです。

少年は不思議に水が尽きないその桶を
松の根元に寝かせてみました。
すると桶から、たえまなく水が湧き出てきました。

いつもは丸い石の間に吸い込まれていく水が、
とうとう松の根元に小さな池を造りました。

少年はうれしくなりました！
ほんとうに久しぶりに笑ったのです。

すると、どこからともなく

アメンボやトンボたちがやってきて、

水草（みずくさ）も生（は）えてきたではありませんか！

やがて夕闇が迫り、
満足した少年は家に戻りました。

翌朝は雨でした。

ザア〜〜ッ！　ザア〜〜ッ！
ザア〜〜ッ！

目をさました少年は、はっとします。
なんともいえない響きが、
遠いはずの自分の耳にとびこんできたからです。

ザア〜〜ッ！

「き、きこえる！　なんて、美しい響きなんだろう！」
うまれてはじめて聴く、雨の音だったのです。

やがて、ピカッと光りながら雷も

太鼓を鳴らしはじめました。

ゴロゴロゴロ　ゴロッ！

少年は枯れた松の方へと一目散に駈けていきました。

するとどうでしょう！

枯れていたはずの松は青々としげり、

たえまなく降り注ぐ雨に濡れて、

たくましく、いきいきとした姿になっていたのです。

雨がやみました。

どこからやってきたのか、

小鳥たちが松の枝で囀り、

松の根元の池ではカエルたちが鳴き、

やわらかな風が松の枝に

さわさわと音を立てています。

それらはもう、少年にはみんな自然に

はっきりと聴こえてくるのでした。

迦夜と迦羅は、上からうれしそうに

少年を見ています。

迦夜が迦羅に言いました。

「こんどは、きみの番だよ！」

「そうだね」

そう答えた迦羅は、自分の翼を三度羽ばたかせます。

すると、少年の心の中で声が聴こえました。

「昨日のあの竹の先で、笛をつくってごらん！」

少年は急いで家に戻りました。

夢中になって、竹を切ったり穴をあけたりして、
お月さまが西の空からさようならをするころには、
竹の笛ができあがりました。

翌朝。

いままで見たこともないような

明るい晴れの日でした。

できあがった竹の笛をにぎり、

少年はさらに茂った松の根元までやって来ると、

心のおもむくまま竹笛を吹きはじめました。

君も、おもいだせる？

この少年の竹笛の歌を？

思わずうつむいてしまったとき、
ふうっとため息をついてしまったとき、
ぼんやり星空に浮かんだ月を
見上げてしまうようなとき、
そんなときに、君の耳元で聴こえてくる

あの歌を！

そして、迦夜と迦羅の翼の響きも……

息のうた I
4
5
6
3
«Atem Lied I»
Yoichi Usami
01.03.2016

奏でるときの注意

音符ひとつの長さは、一段目（4連符）から二段目（5連符）、そして三段目前半（6連符）までは、しだいに短くなって、メロディの速さははやくなります。各々はひと呼吸の間に奏でるくらいの速さです。三段目後半（3連符）で、音楽全体はしっかりとゆるみます。ゆったりと2つの音と1つの休符を奏でてください。

作曲者：宇佐美陽一

失わぬ光に向かって

宇佐美陽一

故郷を失うということは、人間の長い営みの中で、色々な局面において生きる力を大きく失っていくことになるだろう。

私は、1986年チェルノブイリ原発事故の半年後、いまだ広域な放射能汚染にざわつく南ドイツに、オイリュトミーを学ぶために留学した。そして、ロシアの映画監督アンドレイ・タルコフスキーの『サクリファイス』を見た。水爆戦争への妄想から気が狂ってしまう男と息子の物語が、原発事故の約一週間後に完成し公開されたのだ。監督の亡命先のスウェーデンで撮られ、愛息に捧げられたその作品の同時代的な偶然性も衝撃的だったが、タルコフスキー自身の故郷喪失と時代の喪失感を描きながら、「失わぬ光」に向かう作品の、微かだが光のような風が私の頬を撫でていった。

そして、四半世紀後の2011年3月11日の東日本大震災と福島の原発事故。さらなる甚大な喪失感が日本だけでなく、世界中をいまだに巡っている。それらをきっかけにドイツを中心にヨーロッパ各国では新しいエネルギーへの転換が次々と決断実行されている。

そのような中で、画家・としくらえみさんと出会った。私たちはこどもたちや心あるおとなたちになにか新しい物語を書きたいと願い、語り合った。未来のこどもたちのために、この『サクリファイス』の続きの物語を書こうと。それにはタルコフスキーからの想いをとざさないように綴ること。それはまだ小さいが自分の中の確かな使命であり、彼から教えられた「失わぬ光」に向かうことだった。そのために、絵本は最もふさわしい形だろうと思われた。きっと心の故郷を創り出してくれる。そしてこの決断から三日後に書き上げた原稿を手に、画家・としくらえみさんの前に立っていた。

驚きながらも快く受けとめてくれたえみさん。彼女の絵には、たくさんの光が描かれている……いや描いてはいない。余白が輝いているのだ。だから観る者を包み込み、勇気に満ちた風が吹いてくる。「失わぬ光」がここでは目に見えるようになるという確信が私にはあった。こうして絵本『少年とふたりの飛天　迦夜と迦羅の物語』がたくさんのこどもたちとおとなたちに届けられることになった。

この物語は、人間の本質に対する絶対的な信頼を前提としている。それはタルコフスキーの「失わぬ光」であろうし、私の望みに違いない。しかし、自分も含めて、あまりにも過酷な社会状況に、ややもすれば気がつかぬうちに流されてしまいそうである。そのような中、人間に対する絶対的な信頼を失わず、ちいさなことにも誠意を持って向かえば、必ずや平和が実現されるに違いないという信頼を私は描こうと思った。

『サクリファイス』の冒頭の台詞を本書のエピグラフに記しておいた。それは毎日の変わりない無為の行為による世界変革の可能性を言っている。この絵本では、枯れているにもかかわらず、少年の毎日欠かさずに水をやり続けていく行為によって、まるで奇跡のようにその松が復活する。そうした祈りにも似た想いをえみさんと響かせあうことができたと想う。そしてそれは、尽きない水と命の歌であり、飛天の迦夜と迦羅の翼の響きでありたいと願い、巻末に音楽（うた）を添えた。

2016年2月29日　福岡にて

光から描く

としくらえみ

3.11から5年の月日が過ぎました。5年経ってもいまだ地震や津波、放射能によって、いまでもたくさんの苦しみが日本のなかにあります。

わたしは“平和”だと思われていた昭和38年にうまれました。ゆったりとした時代に育ち、まさかこんなことがおこると思っていませんでした。

大地震が起こった日、わたしはふたりの息子と東京に住んでいましたが、原発事故のあとに関西に移り住みました。家族に健康被害がでたからです。しかし、移り住んだものの、故郷に置いてきたものがこころから離れずに悲しんでばかりいました。

そんななか被災者のために活動しているオイリュトミストで芸術家の宇佐美陽一氏に出会いました。そして、くりかえしくりかえし「わたしたちはこれからの子どもたちのためになにができるか」を話し合いました。そのやり取りのなかで宇佐美氏はひとつの物語を書き上げ、わたしに絵本の絵を描くようにと言いました。

それがこの絵本です。

この物語を読みながら、わたし自身が勇気づけられ、時には涙を流し、最後には暗闇の中で光を見つけた時のように希望がこころにうまれました。自分が真に大切だと思うことをしてゆこう、そのときおおいなる天の力がわたしたちを支えてくれる、そんな気持ちです。

絵は、植物からもらった顔料の絵の具で描いています。穏やかな色ですが、自然の響きと調和がうまれます。枯れた松には墨を使いました。

少年を描くときに、わたしはまず光から描きます。そうすると、少年のうちに持っている光が自然に輝きだします。

少年には、つらいときでもいつも光がとりまいています。そして飛天のたすけで、もっと輝きだすのです。静かで穏やかな語り口のなかから、3.11以降の子どもたちが希望の光を感じて、力強く生きていってほしいという祈りをこめています。

この絵本をたくさんの人に届けたいという思いを、長くお世話になっているイザラ書房の村上京子氏が風濤社の高橋栄氏と鈴木冬根氏に繋げて下さいました。そして、わたしたちの思いを深く理解してくださり、素晴らしい本に仕立てて下さいました。

こころからありがとうございました。

2016年3月11日　うつくしい三日月の夜に

宇佐美 陽一

うさみ・よういち

ドイツ・Stuttgart Eurythmeum 卒業後、舞台グループメンバー　ハンブルグ音楽ゼミナール、オイリュトミスト養成クラス講師、崇城大学芸術学部教授（熊本)、中村学園短期大学非常勤講師（福岡)、親子劇場創造団体「山の音楽舎」作・作曲・演出、九州・沖縄作曲家協会、日本こども学会会員、文化センター講師。

【作曲】

オーケストラ曲から室内楽・ソロ曲、および劇場音楽、作曲個展 4 回

【オイリュトミー舞台】

ヨーロッパ・日本各地で約 400 公演（創作舞台）

【招待出演】

ハンブルク現代音楽祭、セイナヨキ現代音楽祭、バルトーク音楽週間、グバイドゥーリナ・ホソカワ音楽週間、シアター・オペラ「砂」、演劇「ハムレット・マシーン」

【著書】

『身体造形思考ノート』（花書房)、CD ブックレット『音楽は聴いている』（ハニー・ビーズ・アーツ)、VHS『Zwischen Zeiten』、DVD『デンハーグ・オイリュトミーフェスティヴァル』（Urlach Haus)、楽譜『石の百合に　ライア・アンサンブルのための』

としくら えみ

東洋英和女学院短期大学・保育科卒業後、幼稚園勤務。その後ドイツのシュタイナー幼稚園にて研修し、ゲーテアヌム絵画学校にてシュタイナーの色彩理論に基づく水彩画を、マルガレーテ・ハウシュカシューレにて芸術療法を学ぶ。ぬらし絵と手仕事のクラス「キンダーライム」・書道クラス「深栗」主宰。

【著書】

『魂の幼児教育～私の体験したシュタイナー幼稚園』『子ども・絵・色～シュタイナー幼児教育の中から』『ちいさな子のいる場所～妊娠・出産・わたしの家のシュタイナー教育』（イザラ書房)、『キンダーライムなひととき』（クレヨンハウス）

少年とふたりの飛天
迦夜と迦羅の物語

2016年 5 月20日初版第1刷発行

文　宇佐美陽一
絵　としくらえみ
発行者　高橋 栄
発行所　風濤社
〒113-0033 東京都文京区本郷3-17-13 本郷タナベビル4F
Tel. 03-3813-3421　Fax. 03-3813-3422
印刷・製本　中央精版印刷

printed in Japan
ISBN978-4-89219-416-0